36

第 3 6 届 青 春 诗 会 诗 丛

羊群放牧者

李松山　著

《 诗 刊 》 社 编

长江出版传媒

长江文艺出版社

李松山，笔名"山羊胡子"。1980年生，河南舞钢人。自幼患病，肢体不便，吐字不清。小学毕业，放羊为生。偶尔写诗，有诗歌发表在《诗江南》《星星》《诗刊》等刊物。

目 录

第一辑

失 眠 者

罐子里的石头

——兼致牧羊女

他往罐子里舀水，
罐子是透明的。那些你寄来的石头
因水的皱纹，纹路纵深
石头变成了独角兽，
而他手中，词语缩变的钝器
弃他而去。他两手空空，他跑
向着纹路延展的虚无，
长颈鹿的眼睛里放射着绿色的光，
雪莲凌驾于鹰隼之上……
每天，他给那些石头换水，
石头只属于石头本身
像他每天吞下的药片，
历经肠道的同时，
瞬间就平息了脑中枢的微澜。

2020. 6. 13

我把羊群赶上冈坡

——给量山

我把羊群赶上冈坡，
阳光在麦苗上驱赶露珠。
我用不标准的口号，
教它们分辨杂草和庄稼，
像你在黑板上写下的善良与丑陋，
从这一点上我们达成共识。
下雨了，你说玻璃是倒挂的溪流，
诗歌是玻璃本身。
你擦拭着玻璃上的尘埃，
而我正把羊群和夕阳赶下山坡。

2018. 10. 28

雨

——给春雨兄

在小酒馆，我们谈论着词的多义和圆润性。
像你诗中耀眼的句子——
雨珠伸出玻璃的舌头①
这时，窗外突然下起了雨：
"噼里啪啦"，它也在复述这个荒谬的世界？
沉默是无效的。
雨在云的声带里奔突
像你走进真实的自己，在笔端修复
名词间的隐疾。

2018.7.29

_____

① 摘自春雨诗《雨珠》。

致

——给高丽

一把剪刀娴熟地舞动，
像森子笔下的一个隐喻：
"银亮的铲子，咔嚓咔嚓铲着头顶的雪。"
这里是市中心，交通强劲而
迅疾。玻璃门颤动，像浪花拍打的堤岸。
从王店到垭口，你完成了跳跃式的迁徙——
你聊到了你女儿：乖巧，
懂事，喜欢舞蹈，
对绘画有着惊人的天赋。
说到这些，你眼睛里的阴霾
瞬间散去。我离开时，你又开始忙碌：一把剪刀熟练舞
　　动着，
在二十平方米的理发店，
像银亮的铲子，"咔嚓咔嚓"，
铲着生活之外的雪。

2018. 5. 10

在宛城

——给张永伟

酒醒后，已在宛城。
从舞钢到南阳，
不过是一杯酒环绕舌苔直奔肠胃的距离。
凌晨两点，我在宾馆四楼：
夜色中的宛城大街，
轿车像激素过剩的斗牛，
疲惫地在发条上爬行。
你说，修辞的边界略小于生活。
等同于谈话、饮酒。
归来。途经白河桥，水面平静，
闪着粼光，整个宛城柔软起来。
几只白鹭穿插交错，
像几个顽皮孩子，打着水漂。

在小梁山

——给运启兄

我们沿着小径向山顶攀爬。其间，你指指小径两边
的栗树和槐树，我多想成为它们中的一棵。
我们的心肠太过柔软，
常被生活中的芒刺刺伤。
你说，如果能成为它们，
开心的时候吐几片嫩芽，
失落的时候把自己交给风。
在山顶的凉亭，雾霭裹着一两声鸟鸣，
夕阳在你的镜片上，
明亮的一瞬。

2019. 3. 29

在河滩

——给克颜的女儿

在河滩我们谈论着野薄荷和蕨类
它们有着不同于你的属性,
像闪电赐予河流与山川的锦缎。
从某种意义上说河流即是山川,
而山川也是河流的一部分。
三岁的你从草窝里捡起几粒羊粪,
手舞足蹈地说,黑珍珠,黑珍珠,黑珍珠。
你的父母大笑。
我则惊讶于她小小瞳孔里的玄学主义,
和被重新命名的植物学。

自嘲或反讽

——给周霖华

你用三脚架框着我陈年的旧疾，
左脸颊僵硬的表情，
源于四岁的一场高烧，
药片。草根儿。来来回回
四十多里的土路，
——摇摆不定的童年。
当你说到选景、构图及光与影的结合。
我向你指了指五里外的南山，
朦胧中它像一幅禅意的水墨画。
被开采过的岩体，
粉尘和石沫在松树和草窠上勾勒和重建。
也像是镜头里，另外一个我。

2012. 12. 5

隐　者
——给果子诗姐

她在终南山静修，打坐。
像一株乔木
身体的枝叶舒缓打开
"万事万物皆如朝露，
璀璨须臾归于沉寂。"
晚上，她挑亮豆灯，
山泉拍打着卵石。
草虫就着满天星火诵读经文。

2019. 11. 25

一首诗

——给小葱

——词语的浪花撞击着隐喻的礁石。

纷纷扰扰。你亢奋，甚至从床上坐起来。

此刻，你必须保持十二分的冷静。

一首诗就是牧羊人的皮鞭，

给它自由，束缚它偏离思想的轨道。

发黄的稿纸上，你仿佛看到

潮汐过后，被风浪遗忘在沙滩的一粒粒珠贝，

你捡起来，并把它们串连在一起。

2019. 8. 9

给夏雪

你在金华繁华的商业街
我在河南的一个偏僻小村。
有时候我们会在一首诗里相遇。
水乡的温润，
行走在文字里的掘金者。
你说，你的城市很空，
空成一个巨大的壳。
夏天真的会下雪吗？
窗外的蝉声，
又为树丛披上了深绿的外衣。

在王店

——给东伦、张培龙

在方城烩面馆里，
你谈论着一首诗的构架、艺术、重建。
言辞如一把手术刀。
我看到另一个我，躺在语言的手术台上被剖开
培龙说，一首诗里住着一个我，
她不属于任何人。
单间里，间歇性的跳闸，
使我们的谈话一再陷入停顿。
仿佛激流涌进深潭，恢复短暂的平静。

在南山

——给红梅和她八岁的女儿

山风裹挟着鸟鸣隐于树丛。
"云朵修复天空蓝色的镜子。"
你们坐在半山腰的岩石上休息，
两株映山红被绿色的波涛簇拥着。
"兔子，兔子"　顺着妞妞手指的方向看：
一块碎石滚落，在草丛里奔突。
不远处的岩坑，雾霭像绷带缠绕。
不。是纱巾！她说。
你凝视着远方。头顶的云朵，
一遍遍修复天空蓝色的镜子。

麻　雀

——给冯新伟

在杨树和桐树间来回穿梭。

为了等待另一场雪，

这些年你经历了什么啊？

失眠，偏头痛，信奉庞德的教条主义。

一首诗给你带来的仅仅是心灵的欢悦。

但她胜过 T 台，掌声和华尔兹的盛宴。

今年会下雪吗？那只麻雀叽叽喳喳，

在树枝上鸣叫两声

像是反问。

我只是比画了弹弓发射的手势，

它就飞走了。

失眠者

——给夏雪

失眠也许就是一首诗的开端，
它的偏旁和框架融入黑夜。
一辆辆运输车的灯光，
投射到窗帘上，
像一个动词驱赶着另一个动词。
他们从哪里来？又往哪里去？
像你对这座城市的陌生感。
一根白发从镜子里跌进你的眼眶，
你烦乱地搓揉头发
你突然听到排水管道里的水声，
从楼上经过房间，又潺潺而下。
你躺在床上长长舒了口气，
你的身体在腾空中变轻。
直到自己成为天花板上，
啃食星星的头羊。

水边的阿狄丽娜
——给赵娟

在你发来的视频中，
大片的鸢尾花在水塘边摇曳。
你给她们起了个好听的名字——阿狄丽娜。
这让我想起两年前的一个下午，
她带着三个孩子在河的对岸散步。
大女儿在她身边聊着什么。
小女儿在身后，对着凋谢的油菜花发呆，
就那么地走着，看着。
唯一的男孩跑在最前边，叽叽喳喳。
也许是累了，他们停下来。
她弯腰汲水，深蓝色的蝴蝶结随风颤动；
一簇鸢尾花随风颤动。

镜 中

——给雪封老师

你走进镜子，与陌生人对视。
你摩擦着脸上青色的胡茬，哼着豫北小调儿
像一群候鸟掠过
南方收割后的稻田。
在经五路的公园，你掏出随身携带的便笺
写下膨胀的楼宇，和拥挤的人群。
你陷入自身的迷雾中；
在词语的壁垒里
驯化了一条凶猛的独角兽，
你关上门，阳光从六楼的阳台折射进来。

是 的

——给子畅、春雨兼诸位诗友

饮下半杯酒后，你站起身开始朗诵，
声带里的振动，如滚石落下深涧的回声。
是的，我们都是火柴盒里的泅渡者，
思想的磷火，有时候会灼伤远方。
在洪河岸边，你跑步。晨读。
看一尾尾小鱼跟随着鱼线舍弃水层，
在出水的刹那，它是幸福的。
现在，在李楼，在我的瓦房内，
我们在语言的梵音里，探寻一滴晨露。
东伦说，诗歌应该脱掉华丽的外衣，
让词回到词根。
我仿佛看到，一群掘墓者，
在厚厚的书页上：挖掘。想象。

在李楼

—— 给张培龙

从北山到李楼，
三站地的路程。
长。不过一首诗的距离。

我不止一次地给你提及李楼
——越来越窄的村落，和
越来越宽的荒芜。

我们坐在村外的树林里。
两打啤酒没喝完你就醉了，
我惊奇地发现：
两粒尘埃正从半空落下来，
在杨树林；
在生活的暗影里。

智 牙

——给 J

她长了颗智牙。

吃饭疼一下，睡觉疼一下，有时候说话也疼一下。

六岁的大女儿问她："什么是智牙"？

她指了指窗外那株杏花：喏，挤在第一朵旁边那朵！

女儿扑闪着大眼睛，半天不说话。

春天是容易凋谢的。

她捡起一片，放进嘴里。触到智牙，

又疼了一下。

她转身看看女儿，抿嘴笑笑。

多么甜蜜的伤疤。

灯台架^①

——给文春姐、慧丽姐、云飞兄，及众诗友

一行数人，拾级而上。
在半山腰，我瞥见
从崖壁冒出一两束
淡淡的白，它执拗地
摇曳，在暗绿的阴影里
随山的波度弯曲。

飞瀑和石头，用清凉的土语交流。
从凿石取火到 LED
只是落差明媚的一瞬。
时间能杀死一切？
嗒嗒的蹄声，
踏碎多少尘埃？

此刻我们在灯台架，
在山巅的玻璃栈道上，
如蜉蝣。在浩瀚的蔚蓝里。

---

① 灯台架，舞钢市旅游景点，在舞钢辖区内。

梨树下

——给李书晓

他在梨树下喝酒，

大口大口地，

仿佛要把杯子吞下去。

大儿子在屋里看动画片，

小儿子缠着他，哼哼唧唧，

阳光的漏斗在树荫里筛下细碎的尘埃。

他感觉，自己像啤酒冒出的一个小气泡

轻轻一晃就变成了空气。

他把小儿子哄睡，

梨树的影子投射在厨房的窗棂上。

一匹黑色的骏马跃过房顶。

2019

诗 者

——给刘义兄

在冈坡或是河滩，
它低头没入草丛
一个醉心于自然的朗读者
一根皮鞭约束它们思想的惰
苜蓿草和紫地丁在它的唇齿间，
像你在汉语里淬炼名词的奥义。
当你写完《幽闭集》的第八个章节，
它正在窝棚下
咀嚼，反刍青草的反光。

绘 者

——给九月

我们走在各自的神秘丛林里。
我们都是缪斯眷顾的孩子。
渴望光又被光排斥
在书桌前，我像盗火者，
穿凿文字的页岩。
你支起画架，在丹江湖畔，
借助画布上线条的辅音，
完成了一次跳跃。

羊的修辞学

——给李玉振

你缓缓站起身，以自己为半径，
用食指画出一个大大的圆。
风从虚无中来，
又到虚无中去，
像掀起涟漪的湖面
被风压低的草再次翻身
弹射出斑鸠和野雉。
你——我的发小
城市的梦游者，
你一屁股蹲下来，
和我的羊群亲近。
有那么一瞬间，
我把你看作我的羊，
干枯的草丛咀嚼的细齿间复活，
正欲反扑另一个春天。

2018

聆 听
——给明辉

你一字一顿，
喉结轻颤。
鲜活而又阴郁的词，
打磨成你的一句留白——
上个时代的疤痕。

石漫滩大道两侧的法国梧桐，
和我
是唯一的聆听者。

今　晚
——给张春涛

你我只隔一张桌的距离。
黄昏渐暗，
我们在彼此的言辞里泅渡。
你偶尔用指尖推一下镜框，
像栅栏挽着波涛。
今晚，我们不聊诗歌。
不聊苦难。
只做一次酒徒，
荡漾在各自的酒杯里。

2017. 10. 18

第二辑

两只羊

两只羊

他不知道她名字，
甚至不知道她的年龄。
两群羊在午后的河滩合为一处，
它们犄角相抵，以消除彼此的陌生感。
她不看他。她低着头翻书，
像只羊寻找可口的草。
他不说话，他用藤条敲打着石块。
夕阳快落山的时候，她合上书。
寂静的河滩响起一串银铃般的唤羊声。
他拼命抽打草地上自己的影子，
像抽打一只不够勇敢的羊。

满 月

刚到河滩它就卧下了，
胸脯和鼻孔像一个拉风箱。
对于外界的事物，它有三分欣喜、
两分的好奇，和五分的抵触。
比如它会轻嗅野薄荷和半枝莲，
露珠在草尖颤悠悠地晃。
比如草丛里突飞的野鸡，
它会慌乱而不知所措。
世界总是充满好奇和未知。
像父亲眼中的艾薇，①
光芒中的一丝爱怜。

2020. 4. 11

---

① 艾薇，扬尼斯·里索斯的女儿。

仿礼物

蜂鸟围绕着忍冬花
他已年过七旬，没有什么使他羡慕的了。
像沙滩的卵石，内心的波澜已消散，
澄澈，如湖水一样平静。
这会儿，我在菜园里铲草。
蜜蜂在周围的油菜花上，
忙碌地搬运，互相讨论乌有之乡
被我铲为两截的蚯蚓，一半钻进泥土，
另一半在外面扭作一团。

赠　诗

醉后我又在野外放羊，
杨树似乎也有八分醉意，
它的叶子耷拉着，享受着光的按摩和摧残？
几只灰喜鹊在芦苇上练习忍术
你在你的城市里。工作，饮酒，
写下雾霾堆积的诗句。
石漫滩铁青的湖面，
锻打着斜阳烧红的烙铁。

2018. 12. 1

飞鸟和石头

飞鸟滑动翅膀，
像晃动的双桨。

有时候，飞鸟伫立在石头上，
用尖利的喙将寒潮和朔风，
传递给石头。

石头不说话，
石头的内心比飞鸟还冷。

石头看着天上的飞鸟，
像看着自己前世的影子。

雨前诗

两棵杨树的叶子突然静止，
仿若两位唠得正酣的朋友，
突然陷入了沉默。
一群群雀鸟
绕过河对岸的长堤向南飞去。
雷声滚动，杉树丛疯狂地扭曲，拍打着。
如迎头的海浪。
被乌云压低的村庄也开始抖动起来。

在民权申甘林带

在这里，我愿意成为爬上爬下，

无忧无虑的蚂蚁

——愿意成为林梢翻飞打俏的雀鸟。

树与影的切换，是虚打入实的波浪条纹。

羊群啃食着青草，

吊床上牧羊人鼾声如雷，

他从一个梦境折返另一个梦境：

沙尘，豆灯一样摇曳的斜阳。

他欠动身子，说明梦真实的存在性。

讲解员引我们进入林中腹地，

几束光从树荫的间隙里垂下来

拍打着路口的几尊碑石。

聆　听

几只野鸭，沉潜或游弋。
白鹭掠过菖蒲，
它的翅膀横在空气里。
它们有各自的语言，
像词语自身的发声体。
不远处，蛇床子撑起的冈坡
云朵一样安静。
云雀和鹌鹑的合唱，
在斜坡的低音区回旋。
两只蚂蚱在青草的温床上交配。
沉寂中掠过一丝悸动。

白　鹭

河水走失后，
几只白鹭在河滩的上空，
像冒出来的惊叹号。
风继续拍打着薄膜窗。

你合上书，那只白鹭消失。
在李楼，或圣卢西亚的岛屿。

绝 句

嫩芽的露珠，在晨曦中长出翅膀。
当它扇动薄翼，
一只水鸟
照着湖水，梳洗了两遍。

练　习

两只雏鸟在练习飞翔，
它们飞到一定的高度，
会像石块一样掉下来。
如果你此刻集中精力，就会看到
它们重复着刚才的动作，样子笨拙，
胡乱拍打着空气。对于外在的阻力，
它稚嫩的翅膀发出"嗡嗡"声
如离弦的箭鸣。
而晃动的草丛，正一遍遍矫正两棵杨树的影子。

杏花赋

每一朵杏花里，

盛放着一个不安的尘世，

黑压压的枝条，那么多。

繁茂而独立。

是庄子的古国，也是陶渊明的古国。

我在树下喝茶，读书。

孟浩然说到，梦里的落花，

杏花便落了下来。

一些随风飘向墙外，

你坐在书本里，继续做梦。

九月的冈坡

一棵法桐傻愣愣地站着，
无动于季节的反抒情。
蛐蛐在低矮的草丛弹唱，
虚拟宏大的声乐宫殿。
有人在微信上谈论艾米莉·狄金森
——一位把自己封闭起来的天才诗人
她的笔尖在草纸上，
划出一道短促的闪电。
你从传述中起身向窗口探视。
野麻和青蒿被清澈的水带走。
九月的积雨云散后，
羊群扯下云朵的棉褥。

再大一点

再大一点，
它会跟随羊群离开熟悉的河滩，
到远一点的山冈。
荆棘、蕨类，和松针让它感到新奇。
它从岩石上跳过斜挂地面的松枝
而生活从来不缺少魔幻的戏剧性，
刺猬团成刺球来保护自己。
水漂子的染色体会让它误以为那是一段树枝。①
它卧在布满青苔的岩石上
当然了，它不懂苔花更不懂袁枚。
它向下俯视，松涛的波澜，
世界的白若隐若现。

---

① 水漂子，一种小青蛇。

芒砀山，梁共王陵墓

言辞的锉刀凿开厚重的页岩。
追溯，铁蹄裹挟着尘烟，
在钟声袅袅的余音里
玻璃栈道下的青草，挣扎着，
贴近钢化物质，似乎要捅破
还历史以在场。
墓穴阴暗潮湿。钱窖。陶俑。
壁侧里，流水从远古的逼仄里涌出。
从王陵出来，我仿佛是针砭掸落的一粒尘埃，
从熙熙攘攘的高空跌落。

即 景

薄薄的一场雪，很快就化了。
冈坡上湿漉漉的，被翻耕的土地上，
拥有了深一层的质感
豌豆们正在酣睡，再过几天它便会伸着懒腰
在北风里醒来
一两只喜鹊，站在光秃秃的枝头，
像叶子返回树枝
它们扇动翅膀，如两片叶子密切交谈。

野　外

午后，
到外面走走。
远在更远的地方画着轮廓。

嫩芽从灰烬里
冒出来，像一个生动的词。
那更为生动的——
阳光把灌木褴褛的影子
丢弃在冰面上。

那些无法描述的

这些无法被描述的，
被田野的风描述了一遍。
抓地龙、败子草和野麻
仿佛它们一直绿着。
那些歧义的石头，紧贴地皮
隐藏是一首诗的未达之境。
我躺着。坐着。走着。
像一粒草籽。一声雀鸣。
和一阵风过后，
杨树叶的一丝摆动。

佐　证

整个下午，我在浅水坑边静坐
几条小鱼贴着水底，
偶尔吐几个水泡。
酷热干旱，致命的厄尔尼诺
空气中的黏稠颗粒，如同水底的淤泥。
远山的轮廓正被它腐蚀
夕阳落下后的一抹红晕。

2020. 6. 2

高速的上空

云朵飘忽，
一个跳跃，从河滩跃过村庄
在村后高速的上空，生出许多马驹。
我瘸脚爬上冈坡，
这歧义的生活。
总有一些零星的雨，
以露珠的形式和我接近。

2020. 6. 23

对　比

在一大片油菜花中
蜜蜂来回飞舞，
交换着各自的秘密。

时间之棱凹陷，
每一道如犁痕般清晰。

幸福小小的

我又在冈的北半坡放羊，
羊群由七只缩减为五只，
它们变成了我的衣服、
鞋子和夹在手指的香烟。
是的，它们还会增加和缩减。
像我吐出的烟圈，在空气中逐渐扩大，
又变成虚无。

2019

第三辑

畅 想 曲

石头记

这些大地的产物，
风和云坠落的残片。
我发现她时，她也发现了我，
在斜坡的另一个纬度。
泥垢，深涩的地理学，
我沿着纹路回去
目睹了李楼的一切
石头建筑倒塌后，
一群群鸽子咕噜噜，
拍打黎明的窗棂。
破碎的瓦砾在县志上黏合，
青砖在修复
小脚老人，在插图上，
她簸箕扬起的谷皮悬在半空，
平衡车的音乐，在广场
带动肥腻的广场舞，
村后的高速上，
汽车喇叭追逐尾气，
在一块石头上
交会错位的光芒。

2020. 6. 9

雨的潜台词

她双手托着锅盖有节奏地抖动，
豆子哗啦啦落进筛子。
父亲去世后，全家沉浸在悲痛之中
神情恍惚的她倒先安慰起了我们
五七刚过，她就催促大姐和二弟，赶紧上班，
照顾好各自的家。
两年了，她平静地收拾着家务，
门前的菜园里，
依然种植着父亲喜欢吃的线辣椒……
现在她又在拣豆子，
豆子顺着锅盖，哗啦啦落下来，
仿佛滂沱的雨被她接着。
她身子向前微倾，试图把那雨声压到最低。

召 哥

包厢里，召哥在吼，
在喉结里奔跑。
从茫茫雪域到亚热带雨林，
雄性的高亢有着落日的悲凉。
太平洋真的伤心吗？
挪威森林里，
一定有只小兔子
被月光落下，或者遗忘。
我们碰杯，
你的杯子总是一低再低，
低过了桌面，
也低过了你谦卑的半生。

2018. 1. 26

畅想曲

炭火已熄灭。
月光，在窗棂上勾勒出旁白
铅笔在酣睡，
记忆里残留的雪，和几粒闪耀星辰
在稿纸折叠的皱褶里，无法邮寄。

瓦房里深居的人，
他推开门，
露珠驮着阳光，
在晃动的枝条间奔跑。

2018. 1. 22

闲下来的日子

一桌人在搓麻将，
一桌人在斗地主，
一群来回走动的围观者。
阳光落在坠落的叶片上，
风抚摸着矮墙，低语。
这是他们闲下来的日子，
他们的麦子
在各自的麦田里
自顾自地生长，
长势如何那是麦子的事情。
小卖部后面的大桐树上，
两只喜鹊在巢里
不啼叫，不飞翔，
它们闲下来的时候，
和树冠融为一体。

2018. 1. 23

朴素的爱

每天清晨，母亲总是早早地起来
她站在院子里，对着叽叽喳喳的喜鹊
双手合十，念念有词

远在浙江的兄弟打来电话，
四岁的瑶瑶在话筒里
嚷嚷：奶奶，奶奶……

她不住地点头笑
然后拿着父亲的遗像
一遍遍擦拭

2018. 1. 13

河滩的树

它们有各自的姓氏；
会突然被谁叫出小名来。
那种悲欢藏在两棵树的拥抱里，
像互相取暖的人。
更多的时候，它们独自站立，
鸟鸣落下来，阳光也落下来。
经常在河滩的人，
会把自己看作一棵树。
他双手鼓起喇叭，
咿呀咿呀……像叶子的尖叫

2018.7.10

母亲的念想

整个上午她一直在擦拭这张破旧的桌子。
她擦拭得很细致，
边边角角都没有落下。
我不明白，
她为什么不愿把这张旧桌子丢掉。
如果我的姥爷还健在，
他此刻正围着这张桌子吃饭。
他抹抹胡茬上的饭粒，然后听到
烟锅磕在桌腿的声音。

2019. 1. 23

冈坡的雪

雪落在雪里，像人走在人群里。
雪也落在冈坡、麦田和沟壑里
那种窸窣声，震颤，
像斧头，吐出碎木屑。
像飞转的锯齿扬起灰暗的旗帜。
如果下得再大一点，
可以把采石的深坑填平，
散落的石块也会妆成雪松。
每年都会有几场雪落下来，
落在冈坡、平原
也落在断崖上，闪着清冷的光……

时庄即景

走进时庄①，我本能地放慢脚步。
慢是小水槽肆意翻卷的水花，
丝毫不顾忌相机快门的切合度。
慢也是几口旧水缸，盛满旧时的雨声和闪电。
回到车上读泉子的《空无的蜜》，
那是一种禅意的静和慢。
如同那张独角犁，对田地所独有的眷恋与悲悯。

2019.8.24 晚

---

① 时庄，商丘市郊的一个古老的村落，青瓦小院，曲径通幽，古朴的民风一直沿袭到了现在。

板 栗

锅叔在树下捡板栗,
每捡到一个,
就放在石头上,
用木棒将栗包一点点敲开。

锅叔有个傻孩子,
村里人喜欢逗他。
每次他都会抡起拳头,
他浑身长满了刺。

夕阳的光斑,
在锅叔和板栗树的
叶片上游移着——
一对沉默的亲兄弟。

2019. 10. 11

在冈坡

沿着梯形的斜面，风声，鸟鸣，
在冈坡上起伏。
它们在松树上搭巢，
在喉囊里修筑乐园。自由，婉转，
像流动的壁画。

如今巨大的轰鸣声
在枝叶间摩擦，震颤，
让斑鸠和野雉变成了
惊悸的闪电——
深渊中的冈坡：
左边是坟地的松柏，
右边是落光叶子的椿树。

2017. 12. 24 晚

拾荒者

他突然倒地，口吐白沫，像一台抽水机器
突突突，冒着热气。
肩上扛的蛇皮袋子掉在地上，
碎薄膜、烂纸屑散落一地。
这是病原子，在病灶区产生电流的过程。
围观者：风将这些碎薄膜、烂纸屑
又吹向远处。
他缓缓站起来，弯腰捡拾，像捡拾碎裂的光片，
拼凑出他廉价的棉裤、靴子。
向阳坡的几束蒲公英，
纤弱的根茎举着小小的太阳，
寒风吹来，它就摆几下，
像是抵御，也像是玩世不恭。

石榴树

老姨叫着母亲的小名，
她们的双手紧扣在一起。
唠一会儿哭一会儿，
像枝头两颗咧嘴的石榴。

她们的谈话陈旧，灰暗，
却不断碰撞出火花。
起风了，头顶的石榴树晃动着，
咯吱咯吱——
发出骨头松动的声音。

母 亲

她弓着身子
将切好的土豆块埋进土里。
种瓜得瓜，
种豆不一定得豆。
我的两个姐姐已出嫁，
弟弟在杭州
他们像土豆一样开出小花
土地的忠诚，
是值得信赖的。
她笃信
我有一天会成为丈夫、父亲
说这话时，
她的眼中，闪现一抹蔚蓝。

生　长

第三天，这只小羊羔东倒西歪地走动。

在竹篱、草垛，和门槛前，

褐色的鼻子轻嗅，像一个吸尘器，

它内心的寒潮，和一片积雪的山冈。

它趔趄着向阳光，

绒毛和光碰撞。

寄 托

他们从冈坡下来，解下孝布，
揣进兜里。开始谈论家庭琐事。
刚才还哭得难以自持的
他的儿子儿媳，和众亲戚，
转换得极为平静。
新隆起的土堆，长眠于下面的人
会通过一株野草径，
为自己打开一扇小窗口，
在早晨或者黄昏望两眼绿叶间的灰瓦片。

在灵珑山

他在石碣上讲述着：
一抹绿茵从言辞的深岩中抽出嫩芽。
他继续描述；
历史在他的喉结稍作停顿，
仿佛灵珑山的清泉，咕噜噜，冒着泡儿。
我们在其间穿行，像鱼儿在绿色的波纹里
拍照，留影。他们继续向山顶攀越。
我则在几株茶树旁，停下来。
呆如栅栏，波涛抚慰着它。

雨　后

我站在院子里。
鸟鸣声从周遭的树冠里落下来，
如同树叶发出的叫声。
我鼓起喇叭，朝它们喊了一声，
声音仿佛来自某一棵树、某一片叶子。
而滞留在紫薇枝头的雨珠，像静默的闪电，
瞬间消失。

陈 庄

陈庄在村西南，顺着河湾往西，
阳光触碰水面，打着明亮的结。
转过高土梁，
灰白的瓦砾在枝叶间闪现，
像收拢翅膀的鹭鸟。

老憨叔去了西道岭。
他的水烟壶里，
再也飞不出野鸽子。

老柿树立在村口，地上
落叶的纹路里——
木板桥咯吱咯吱，波纹送着余晖。

一只翠鸟，贴着水雾飞翔，
像一个优雅的符号。

小 雪

几只麻雀躲在檐下，
没有鸣唱。
它们极小的瞳孔里，
已经装下了很多
不对称的物质。
就像今天是小雪，
可以没有雪。
风拨弄过的树梢，
发出琴弦的颤音。

家在李楼

拐一个陡弯，下一段斜坡路
就到了。
如果你有兴致，可坐在大青石上
看风裹着雀鸣，在杉树丛里，波浪似的翻腾。

六月的云，像新娘头顶的纱。
如果你在五峰山山顶，伸手便能扯下来做锦缎。

雨后，蛙鸣和蝉声在——
低一声高一声的音阶上。

村庄是翠绿的，树与树之间没有距离。

2017. 10. 11

骡子山①

锯床的轰隆声彻夜不休。

分割,肢解。

骡子山倾斜的一角,

多像我画布上线条凹凸的败笔。

九月和山都没有思想。

山顶的庙宇,陷进一堆石头中

断臂的佛像,像是一种咒语

不远处,云杉树和松鸡

保持一致的沉默。

---

① 骡子山,位于舞钢市南驻马店交界处,因近几年大肆开
采,骡子山已伤痕累累!

听雨有记

现在是晚上九点，雨还在下。
时而舒缓，时而急促，
场景没有变，树和屋檐还站在原地。
剧幕转暗，一层神秘笼罩着
南方洪水肆虐，涌入城市，
轿车像飘摇不定的小舟
我的母亲坐在沙发上打盹儿，
这是她多年养成的习惯。
她似乎已和外面的世界脱轨，
她只关心孩子，和庄稼。
若干年后，我会不会像她一样
坐在沙发上打盹，
对世界的认知不断减弱？

2020. 7. 19

偶 尔

路灯下，每片叶子都竖起耳朵。
倾听或是遗忘

雨时断时续，
这并不影响
灯晕里一对热吻的恋人。

就像两片陌生的叶子，
偶尔，会靠在一起取暖。

2017

大 雪

落叶像麻雀，纷纷扑向地面
枝丫向体内收缩。
在它的内部，升起信仰的火花。

今天，是二十四节气中的大雪。
气温骤降，
路上一两个行人，缩进大衣领子里。
笨拙的样子，如赶路的树木。

2017. 11. 25

鸢尾花

野蛮。任性。偶尔耍点小脾气。
像你一噘嘴扔在路旁的风呼噜。
风带大的野孩子。

有一次，我去县城，
工人们正把移来的鸢尾花，
植在路中间的花坛，
我远远地看着，
一只只飞鸟被摁进笼子。

春风辞

风一吹，冈南坡桃花就开了
一朵，两朵，
像她乌黑发丝上微颤的蝴蝶。
坐上迎亲的车队，
邻家小妹嫁给远方。
随风而落的桃花
轻轻一飘，就飘过了沧海。

2017. 10. 18

黎　明

黎明前的黑在退却
东方，海平面上，一束光
在燃烧。
乌鸫和花喜鹊带着响亮的哨子，
在丛林里钻进钻出，
叶片上沾着金属的光泽。
大地的琴声，
已漫过了山顶。

2017. 5. 3

隐　喻

树身已空。
时间偷走了它的一切。
我们谈起先秦那个帝王，
和他的死亡巫术①，
你看了看盘根错节
腐朽的根部，
蝼蚁从里面拱出来，
在青草的叶片上合唱赞美诗。

2020. 4. 9

---

① 摘自博尔赫斯《长城和书》。

盛 夏

我醒来，
在明亮的早晨。
仿佛一条狭长的甬道，豁然开朗。

蝉声，撼动树
——整片林子在诵读
院子里，葡萄已饱满，
正待多情的秋风，煽动原始的热情

一滴雨露
在晃动的荷叶上
把最柔软的部分
——呈现给蔚蓝。

一个人的村庄

我将自己融入一滴水，
融入麦子。
五月，我化身为镰，
亲吻季节的锋芒。
每一朵云都蓄满深蓝的水，
每一株草都挂着金色的太阳，
摘两颗星星和一轮明月，
在泥土辽阔的领域，
把东方喊亮。

一部分

村庄是我的，
我也是村庄的一部分。
村口的麦田是我的，
我也是麦田的一部分。
这时候，如果有雪，
刚好落在我的遐思里，
我也将是雪的一部分。

有雾的早晨……

有雾的早晨，我在冈坡。
村庄像灰白的纸片，旋在低洼处。
可以省略许多人，
或者忘掉抒情——
世界像个并不准确的标点，
卡在词语的间歇里。

老鞋匠

老鞋匠走了
找他修鞋没收钱的人，
在惋惜。
正要找他修鞋的人，
也在惋惜。
他躺在棺材里。
像风抬着落叶，
从村东头刮到冈坡。
之后，恢复了平静。
比空气还轻。

互　赠

好友从海南发来
沙滩，大海，
还有半裸着身体、戴墨镜的他。

作为回赠，我拍下低矮的村落，
田里的小麦
和大眼睛的上学娃。

2018. 3. 7

病　齿

牙科医生，用镊子在他坏死的牙床上
取出狰狞的尖叫——
取出藏羚羊惊悚的身影，
以及流逝的盐。
然后，一把小手电，
在他牙齿上摇晃。
像月光，冷冷地砸在礁石上。

石　头

几堆石头是开荒人的杰作
在此之前，
它们一直在黑暗的履历中沉睡
亿万年？或许更久
如今被一双勤劳手挖掘出来，
像诗者在一个平面上，
找到恰当的隐喻。
它们躺在松软的草丛里，
聆听鸟鸣、风雨之声。
阳光一遍遍梳理，
它坚硬的内置里
一条远古的河流，奔涌。
几堆石头，仿若凝结的浪花，
时间的倒叙者。

第四辑

自 画 像

短　歌

藩篱内，他弓着腰给豌豆松土。
自然的法则赐予它们别致的小礼帽，
他挥动锄头，像特朗斯特罗姆，
捡起树枝在沙滩上忘情地书写。
他不时地回过头，
一垄垄豌豆
如懵懂的少女，
已解开胸前紧绷的第二粒纽扣。

七月献诗

"荨麻在废弃的庄园里挣扎。"①
而你的窗子②似乎天天在下雪。
这两个对应的事物，中间隔着
恍惚的时间，和辽阔的水域。
这是七月的最后一天，
蝉在树上嘶鸣，叶子出现雀斑。
再过不久，一切都将会不复存在。
什么是永恒？他，诸多个他，
在文字里发出年轻的声音——
练习本上，一个掘井的中年男子，
一次次清理着喉结中的砾石。

2020. 7. 31

---

① 引自扎加耶夫斯基的《尝试赞美这遭损毁的世界》，李以亮译。
② 指《窗子》，张曙光的诗集，长江文艺出版社出版。

身　份

身份的定义
顶替者，和被顶替者
就是稗子和稻子的关系。

她是饭店的打杂工，
超市的保洁员，民办教师。
即便拿出村委会证明、乡街道证明，
怎能证明我就是我？
黑洞穿插着另一个黑洞。

这些年，
我也常被我多重的身份迷惑：
写诗的我，放羊的我
左脸颊僵硬的我，
我被许多个我围拢着。

2020. 6. 23

自画像

可以叫他山羊，也可以叫他胡子。

在尚店镇李楼村

他走路的样子和说话时紧绷的表情，

常会引来一阵哄笑

如果您向他谈论诗歌，

他黝黑的脸上会掠过一丝紧张，

他会把您迎向冈坡，

羊群是唯一的动词。

它们会跑进一本手抄的诗集里。

说到风，他的虚无主义，

会掀翻你的帽子，揪紧你的头发。

你可以站着，或者和他一起坐在大青石上。

而他正入神地望着山峦，

像坐在海边的聂鲁达，望着心仪的姑娘。

2018. 8. 16

重　量

我将带有花纹的石头，
放进帆布包，
放在两本书之间，
石头和文字激起波澜。
失重的叶子，
落在湖面上。
一只腐烂的麻雀，
轻渺地让同伴忘记死亡。
而当我把书放回书架，
文字的风暴平息了，
黑色的天平上，
排列着纽扣的星星。

2018. 10. 16

雪

从赵记饭馆儿出来，
我们沿着各自的路线返回。
雪花被风裹挟着，
在楼房之间，
仿佛惊飞的鸽群。
我沉闷地走着，
没有回过头看你。
在这个令人恍惚的世界，
每一片雪，
都蓄着经年的泪水。

2018. 1. 8

路灯下

一群孩子是时间的线轴
他们快速回旋，
三十九盏路灯一排溜亮着，
仿若三十九个月亮依次被记忆的阀门打开，
窄窄的土路，低矮的土坯房……
我们追着月亮跑，
追着月亮背面的黑暗跑

有的跑进了钢筋森林
有的嫁给了叫风的远方……
出了村子向东是无灯区域，
像是许多个未拉开帷幕的明天，
我往回走。
父亲在另一个世界看着我，
我在三十九盏灯的光线里走着。

2019. 1. 21

雨夜，永伟在写诗

他在写诗。
在酒后，他从草纸上掏出雨的耳朵、
闪电的羽毛
和被黑夜挤压的楼宇的喘息。
他写雨，写石头内部的雨声。
多么寂寥的声音呀！
雨如箭镞射向你的屋顶。
他说，诗歌的意义在于谈话。
行走。和记忆的复活。
他扶一下镜框：
在语言的隧道口，
他沿着修辞的边界返回。

树的伦理学

从某种意义上说，
它不再听从春风细雨的教义，
也不再厮磨啄木鸟苦口婆心的唠叨。
它伸出去的枝蔓开始僵硬，
想要抓着什么？
而风像一个又一个匆匆的过客
从枝杈与枝杈的间隙溜走。
最后一片叶子，
随着夕阳的最后一抹光晕，
坠入无边无际的黑暗。
从村口散步回来的人，
似乎忘记了这棵树的存在。
像离世的修鞋匠、老铁匠和木匠叔……
他们津津乐道的是谁和谁的桃色新闻，
某某与某某的鸡毛蒜皮……
它站立着，它躺在自己的棺椁里，
时间的纬度倾斜，弯曲。
直到成为灶膛一缕挣扎的火舌。

2019. 8. 31

偶然之诗

把书桌上的这些小石，
放大一万倍。细密的纹路豁然变成沟壑，
变成险境。我沿着崎岖的山路逶迤而行。
我屏着呼吸，
我怕稍不留神就会跌落下去。
我为放大镜下看到的这一幕感到吃惊，
像膨胀的词根缩回词的本身。
也像是我写下的这段文字，
太多的可能所具有的不稳定性。

2019. 4. 2

旁 白

一场雨下在另一场雨里，
仿佛一个跛脚的诗人
歪斜的句法。
这让他感到厌倦，他点燃一支烟望着窗外
雨在羊棚的石棉瓦上寻找动词
仿佛喑哑的喉咙，喊出一千种声音。
他合上书
哈姆雷特消失于远处的薄雾、树丛。

2020. 7. 27

蚂 蚁

把自己无限缩小，
这并不矛盾。
羊蹄印里有辽阔的水域。

就像此刻，我坐在
叶子的婚床上，
醉饮露珠如美酒。
我歌唱——
一次次被时间忽略。

遭　遇

赵晓曼打电话说想我了。
放下电话，
一口茶噎在喉咙，
呛出两眼泪花。
我开始原谅，
甚至开始疑虑，
消失两个月的她，
种种遭遇。

重　量

他斜靠在木椅上打盹，
阳光在雪地上画着斑驳的树影。
一只饥饿斑鸠，
混在鸡群里觅食，咕噜咕噜，
在鸟的意识里，
他就是一捆填灶的柴火。
木质椅子，咯吱咯吱摇晃，
他感觉自己像风中的落叶，
失去了挣扎的欲望。

自省诗

它像完全消失了一样。
我从自我的壳中走出来，
审视着另一个自己。
恍惚中，我看到，那个在纸上掘井的人，
他记录下父亲用铲子挖新薯的场景。
门前的一排扁豆藤，
上边的那截藤蔓弯成半圆形，
像一双双小手，
（它想要抓着什么？）
一只菜粉蝶在紫色的花瓣上
忽闪了几下，又飞向了墙外。

三月写意

在河滩的一个小水坑里，
几条小鱼游来游去。
而幸福是盲目的。
像我们赖以生存的空气。
我回过头，
在河水的皱纹里，
捉到阴霾，和卵石的影子。

听雨小记

躺在床上听雨
读江离的《不确定的群山》
一首诗是叛逆的
像你扒上绿皮火车
轨道两边的绿色植物迅速倒退
家乡缩小成回忆的暗疾
雨没有丝毫减弱的意思
院子里唯一的一株紫薇
它的叶片和花苞上噙满水珠
因为风，雨珠唰唰撒向地面

盲从者

一只苍蝇落在粘蝇贴上是可悲的，

如一个动词被绑架到稿纸上。

接下来戏剧性的一幕：

许多只苍蝇齐刷刷地落下来，

像一群被掏空思想的盲从者。

它们偏离了西瓜皮，和残渣。

那么近的距离，它们看不见对方。

如果你有闲情逸致，可以坐下来一起观摩：

它是它的贝斯手。

它是它的歌唱家。

午后……

我在檐下喝茶，
看托马斯·特朗斯特罗姆。
此刻，他望着远处，
凝固的海，和流动的岛屿……

一只麻雀在枯枝上
鸣叫了一小会儿，
它飞起来，像一个借喻，
闪耀在我即将读到的
诗节里——

二月·雨

细雨落在鸟鸣里——
弹奏树冠灰色的琴键。

你躺在床上，像一枚果核
躺在松软的泥土里。

果核有着坚硬的外壳，和
内心汹涌的波澜。它渴望光
渴望晨露的爱抚。

像此刻的你，生根
悄悄地开花。

静夜思

他沿着小径散步，
月亮一会儿钻进云层，
一会儿又从云层里跳出来。
像一位诗者，闪亮的一瞥
他凝望着树——
这么多的兄弟，
或为家具，另一种面孔复活，
或为棺木，封闭自己。
他靠着树。
他卸下胸腔沉重的斧头。
他将双手举过头顶，
像两片树叶伸展……

回　忆

他从斜坡下来，
他在草滩上走着，
他陷入回忆——温柔的河水吻着沙滩：
喏，就在这个地方，他指指脚下的位置，
是浅水域，会有几只草鹅，
或嬉戏，或单脚立于水中，
它细长的脖颈弯曲成 n 形
伸至水底，猛地向上，甩出一串水花。
他继续向前。他感觉自己像水底的鲫鱼，
轻轻触碰柔软的根须。
树的影子斜横在杂草上，
像渔夫的篙挂在起伏的水面。

夜雨寄北

深夜醒来，密集的雨珠敲打着房顶，
如嘚嘚的蹄音。
在手电筒的光晕里，
干枯的丝瓜藤上，
水珠像巴蜀古道稀疏的过客。
母亲挂在柱子上的瓜篓，
成为洛阳城头永恒的落日。
那个晚唐落魄的书生，幡然醒悟，
他从厚重的文献里，坐起来，轻轻弹唱：
我不要功名。
我只要爱情。

林中速写

他枕着书本在一片空地上睡着了
乌鸫、蓝嘴鸦和灰喜鹊，
在树荫里驮运着一小块一小块蓝。
他梦到一个叫佩索阿的青年，
他手中的笔陡然变成牧羊人的皮鞭，
在草纸上驱赶羊群。
一只啄木鸟
敲击出有节奏的颤音。

红月亮

李白见过，一千年前的某个夜晚，
他端起酒杯，一仰脖咕咚
九曲回肠，他咂咂嘴，
咂出一道光晕
杜甫见过，风掀草屋
他蜷缩在被窝里。
天狗撕咬平仄的空间，
星星呆滞像钉子。
他不想抒情，饥寒交迫，写诗？
那是填饱肚子后的勾当。
今晚有幸看到红月亮
我随手把它拍下来，放在朋友圈。
有人说，应该写点什么，
写不写，它都是诗。
蓝色和红色，
在夜的调色板上转换。

2018. 2. 1

比 喻

让文字和麦子
站在一起
大多数时间我会邀请麦子
走进文字
在季节里
我必须弯下腰，
用镰刀。像诗人码起一行行
行走的文字。

2017

其 他

当他写到自己的时候，
突然停顿
他竟无法描述一个真实的我。

那么多词语敲窗而入，
偏瘦。颠足。鼻毛伸到外边。像甬道里的打探者。

暴雨过后，
一棵构树苗，在微风里打着趔趄
满是泥巴的枝条上，挂着几滴闪烁的水珠。

2020.6.26

倔　强

冈坡上的油菜花
每一阵风来的时候，它们都会抖一下。

这让我想起《简·爱》中的简妮特
以及她反抗，因为翻书而被皮带抽打的章节。

这一切
像极了这些花朵。

2017

麻 雀

几只麻雀，
在院子里的上空，
啾啾盘旋。
它们伺机寻找，
落在鸡群后的谷皮。

我不断地往火盆里续着干柴。

夜的诗

灯光在纸上弹奏
急行的笔，划出闪电
抓住这瞬间的快感
雨朗诵给村庄、田野
和远处的山峦
破晓时分
我迷途于它的清幽
它躺在我的段落

2017

湖

风在湖的平面上急走。
阳光碎成鳞片，
一波追逐着一波，拍打着岸堤。

当它安静下来，
满天星星奔向湖心；
在它温柔的臂弯里，
像摇篮里的孩子，眨着眼睛。

2017. 6. 4

无　题

山羊从峭壁跌入深谷，
两只刚满月的小羊羔，
蜷缩在墙角。
咩，咩，咩，像极了二娃的哭闹声。
二娃娘外出时，二娃才刚满月。
乡下的孩子好养活，
——哭着哭着就长大了。

2017. 9. 9

雨

整个晚上，
反复吟哦
从瓦楞汇聚——
多么鲜亮的句子
树和树，默不作声。
它们收拢羽毛，站在村庄之上。

2017.6.5 大雨

在仓房

几只蝴蝶在一处浅水洼练习滑翔，
你捕捉到了什么？
把它们请进你的诗里
——几道黑色的线条。
这不是李楼，这是仓房，
长豆角来自于山上的乔木。
地曲菜是植被和泥土无偿的赠予。
在山坳的农家客栈里，
我们的话题平缓
跌宕，电线上的水珠一样易碎。
口罩外的白云和蓝天
你可以说是灰白，或淡蓝。
我们被两座对立的山脉
推动着缓缓移动。

2020. 8. 16

七月献诗

"荨麻在废弃的庄园里挣扎。"①
而你的窗口②似乎天天在下雪。
这两个对应的事物，中间隔着
恍惚的时间，和辽阔的水域。
这是七月的最后一天，
蝉在树上嘶鸣，叶子出现雀斑。
再过不久，一切都将会不复存在。
什么是永恒？他，诸多个他，
在文字里发出年轻的声音——
练习本上，一个掘井的中年男子，
一次次清理着喉结中的砾石。

2020. 7. 31

---

① 出自扎加耶夫斯基的《尝试赞美这遭损毁的世界》。李
以亮译。
② 出自《窗子》，张曙光的诗集，长江文艺出版社出版。

中 年

"这不是我想要的生活！"
她站在窗口双手交叉环抱着自己。
表情恍惚，眼神比她的影子更加幽暗。
他不知道下集剧情会发生什么。
他有些疲惫。他卧在沙发里，吞着吐出的烟雾
又陷入自身的迷雾中。

2020. 9. 22

麻雀及其他

我在小口地喝着鸡蛋羹，
外边的雨似乎停了。
树上的麻雀在枝头欢腾。
迎亲的队伍和送葬的队伍踏着泥泞，
从不同的路段出发，
踏着泥泞。
鞭炮在李楼和殷庄的上空炸响，
生与死的命题。曙光老师说：
死，某种意义上是另一种新生的开始
就像树上的那只麻雀，也许是昨天那只，
也许是童年被我系在木棒上飞掉的那只。
这些年我目睹了太多的悲喜。
现在我喝着鸡蛋羹，
我并不在乎它的味道。

2020.9.22，阴转小雨

蜻　蜓

它们一定把我当成了一截乔木，
或有别与青草的另类植物。
它线扣一样的小脑瓜，
一双薄翼发出滋滋的低响。
它们还没有完全抵消
万物设伏的危险性。
在我周围，在我的帽沿和衣领上。
这让我感到幸福，除了几只羊，
我又多了几个朋友。

2020. 8. 17

图书在版编目（ＣＩＰ）数据

羊群放牧者 / 李松山著.-- 武汉：长江文艺出版
社，2020.11
　（第36届青春诗会诗丛）
　ISBN 978-7-5702-1884-4

Ⅰ.①羊… Ⅱ.①李… Ⅲ.①诗集－中国－当代
Ⅳ.①I227

中国版本图书馆 CIP 数据核字(2020)第 205589 号

特约编辑：聂　权
责任编辑：王成晨　　　　　　　责任校对：毛　娟
封面设计：璞　闾　　　　　　　责任印制：邱　莉　　王光兴

出版：长江出版传媒 | 长江文艺出版社
地址：武汉市雄楚大街 268 号　　　邮编：430070
发行：长江文艺出版社
http://www.cjlap.com
印刷：湖北新华印务有限公司

开本：850 毫米×1168 毫米　　1/32　　印张：4.625　　插页：4 页
版次：2020 年 11 月第 1 版　　　2020 年 11 月第 1 次印刷
行数：2792 行

定价：46.00 元